www.tredition.de

AF185923

Jörg zum Bodden

Ein Rentnerleben - daheim und unterwegs

- Ein Leid(t)faden -

www.tredition.de

© 2016 Jörg zum Bodden

Verlag: tredition GmbH, Hamburg

ISBN
Paperback: 978-3-7345-0596-6

Printed in Germany

Inhaltsverzeichnis

I. Kapitel

Einleitung

Könnte es noch trister sein? Ja, es könnte! - Unaufhörlich rieselt der Schnee und hinterlässt kleine weiße Schneeflecken, die wenigstens etwas Helles in den Tag bringen. Quasi angeschnallt saß Karl wegen seiner erneuten Erkrankung wie gefesselt im Sessel, und das Leben rauschte draußen vorbei. Er hasst diese Immobilität. Nichts machen zu können, war noch nie sein Ding gewesen.

„Rentner werden ist nicht schwer, Rentner sein, dagegen sehr!" – hatte Karl irgendwo gelesen. Das deckte sich mit seiner Einstellung. Das Rentnerdasein war nicht wirklich seine Sache, vor allem nicht als körperlich Schwerbehinderter. Gut, es gab Annehmlichkeiten, wie zum Beispiel nicht mehr morgens früh aufstehen zu müssen, nicht mehr Weisungen von seinem Chef empfangen zu müssen, den Stress und den Druck des Alltags nicht mehr aushalten zu müssen, aber es gab auch gravierende Nachteile: Zum Beispiel den Verlust der Arbeitswelt mit seinem sozialen Gefüge und den Kontakt zu

Mitarbeiterinnen oder Kollegen, das fehlende Eingebundensein in die täglichen Arbeitsabläufe mit ihren Aufgabenstellungen, Zeitabläufen, Verpflichtungen und auch Befriedigungen. Das wollten ihm seine Nachbarn nicht glauben, aber sie würden es schon noch merken, wenn sie erst einmal so weit wären.

Ein ganz bestimmender Faktor war die Tatsache, dass man das Gefühl hatte, nicht mehr gebraucht zu werden; dass es egal war, ob in China ein Sack Reis umfiel oder er irgendwo hinging. Es fehlte einfach die Befriedigung aus der täglichen Arbeit und die Genugtuung, etwas zustande gebracht zu haben. Man konnte zwar versuchen, diese Dinge durch andere zu ersetzen und auszugleichen, aber das war letztlich nur Flickwerk. So war das Aufbauen eines Möbelstückes, zum Beispiel einer Kommode, sicher eine schöne Sache. Es erzeugte auch eine gewisse Zufriedenheit; es brachte einen aber nicht entscheidend weiter. Das war nur eine Möglichkeit, das Gefühl zu bekommen, etwas Nützliches getan zu haben. Es war natürlich keine echte Aufgabe, die man zu bewältigen hatte. Und das fehlte ihm eben.

Es gab sicher Menschen, die das anders bewerteten, aber für ihn, der er wegen einer plötzlichen Erkrankung mitten aus dem Arbeitsleben herausgerissen war, ohne sich darauf einstellen zu können, sah das ganz anders aus. Er war körperbehindert und konnte die Dinge, die er sich vor dem Rentenalter immer vorgestellt hatte, um sie später zu machen, nicht mehr durchführen, so wie er das eigentlich mal wollte. Das erschwerte die Sache ungemein. Wenn man körperlich stabil war, konnte man sicherlich mit diesem Rentnerdasein noch mehr anfangen und dadurch mehr Zufriedenheit erlangen.

Wenn nun jemand glauben sollte, ihm sei das Rentnerdasein einfach zu langweilig, so irrte sich der gravierend. Langeweile kannte Karl eigentlich gar nicht, da er sehr vielseitig interessiert war und immer Betätigungsfelder suchte und fand, die ihn im Moment ausfüllten. So gab es im Sommer genug im Garten zu tun, was auch Spaß machte. Im Winter hatte er seine Bibliothek, die ihm viel Lesestoff in den verschiedensten Themenbereichen bot. Aber all das reichte nicht aus. Es musste noch mehr geben! So hatte er angefangen, Erzählungen zu schreiben. Das war schon besser. Hier nahm er nicht immer nur rezeptiv auf, sondern er hatte eine Aufgabe, die ihn zwang, seine Gedanken zu ordnen, gut zu formulieren und so weiter. Also aktiv tätig zu sein und ein Werk zu erstellen. Ein Werk, das nicht nur Ergebnis einer manuellen Aufbauarbeit darstellte, sondern das ein Ergebnis aktiver intellektueller Anstrengung war. Das könnte Befriedigung geben! Aber hier war wieder der Zwang, so zu arbeiten, dass das Erzählte für andere interessant sein würde und von ihm abgefordert werden würde, ohne dass es reine Neugier wäre. Es ging also hier auch um einen gewissen Leistungsdruck. Der war ihm einfach wichtig, um ein gewisses Maß an Zufriedenheit zu erlangen. Es war zum Beispiel ganz anders, wenn er sich mit literarischen Themen befasste und diese nur rezeptiv aufnahm. Hier konnten auch keine Ersatzbefriedigungen helfen, wie zum Beispiel von den Nachbarn und Freunden empfohlen: Hunde oder Katzen hüten, auf Kinder aufpassen, etwas Vorlesen usw. – es musste schon mehr sein!

Man sollte natürlich auch aufpassen, dass man sich nicht überforderte. Denn eine der Grundregeln für ein zufriedenes Leben lautet sicher: Du musst dir Ziele setzen, die du auch erreichen kannst. - Wenn man sich Ziele setzt, die man nicht erreichen kann, dann kann einen das ganz tief herunterreißen.

Das mit der Schreiberei war natürlich so eine Sache. Was ihm gefiel, musste noch lange nicht anderen gefallen. Aber auch dieses Ziel zu erreichen, war wiederum eine Leistungsanforderung, die es zu bewältigen galt, um zu einem befriedigenden Ergebnis zu kommen.

Das sahen seine Nachbarn nicht ein. Sie und viele andere meinten wohl, wenn man in den Tag hineinleben könne ohne Verpflichtungen, dann sei das schon ein glückliches Dasein. Er konnte das zwar nachvollziehen und verstehen, aber nicht begreifen. Sie sollten erst einmal in seiner Situation sein.

Wenn er ehrlich war, so ertappte er sich aber manchmal dabei, dass er sich kleine Ersatzbefriedigungen suchte. So machte er zum Beispiel öfter kleinere Reisen, um einfach mal etwas Anderes um sich zu haben. Aber um das sinnvoll zu nutzen, hatte er sich zur Aufgabe gesetzt, aus diesen kleinen Reisen Inspiration für seine Erzählungen zu ziehen; diese also mitzunehmen und zu Hause dann in seinem stillen Kämmerlein in Texte zu verwandeln. Also auch wieder hier den Dreh zu bekommen aus dem Erlebten und Aufgenommenen hin zu aktiv Gestaltetem.

Reise nach Belgien

So war er noch vor zwei Monaten an der Nordsee in Belgien mit seinen Rentnerfreunden. Eine Woche großer sommerlicher Wärme. Ein Gang mit dem Krückstock vom Ferienhaus zum Bus und nach 3 Stationen mit der Straßenbahn an der Küste entlang durch Dünen und Badeorte waren etwas Besonderes.

Und dann das blonde Model auf ihn drauf! Nach ihrem Einstieg in die Straßenbahn war er gerade dabei, ihre hübschen Knie zu bewundern, da riss ein Rucken der Straßenbahn sie um, so dass sie bäuchlings auf ihm landete. Er spürte, wie sich ihre Brillen küssten. Das Gelächter seiner Rentnerfreunde aus dem hinteren Teil der Straßenbahn war nicht zu überhören. Die Dame hatte wohl nicht damit gerechnet, dass ihre hochhackigen Pumps sie beim Anfahren der Straßenbahn nicht auf den Beinen halten würden. Nachdem das Model sich wieder auf ihren Sitz gerettet hatte, folgte ein nettes Gespräch über Reiseziele und die Küstenregionen. Krampfhaft versuchte er, seine Französischkenntnisse zu aktivieren. Hieß das Meer nun Le Mer oder La Mer? Dann fiel ihm ein, in Belgien heißt das Meer „Zee", deshalb heißen die Orte auch Zeebrügge oder Duinkerke am Zee. - Nach diesem lustigen Intermezzo erreichten sie Ostende, und die Dame musste umsteigen. Aber diesmal ohne Bauchlandung.

Doch dies war nun Vergangenheit bzw. Reiseerinnerung. Jetzt musste er sich mit seinen Ausflügen in die Einkaufszentren in der Umgebung begnügen.

Rollstuhlausflug

Heute stand nur eine Ausfahrt mit dem Rollstuhl zur Apotheke im Gesundheitszentrum an, von dem Karl immer als „Krankheitszentrum" sprach, weil dort Kranke hingehen und nicht Gesunde. Die Strecke war eigentlich nicht weit, fußläufig gut zu erreichen für Gesunde, wie Karl immer meinte. Aber für seine Frau, die ihn im Rollstuhl schieben musste, war es dann doch ein kleines Krafttraining.

Der Ausflug zur Apotheke hatte noch eine gute Kehrseite. Direkt neben der Apotheke befand sich nämlich der beste „Dönergrill" der Stadt. Hier konnten sie dann wieder „auftanken". Als sie schon eine Weile auf ihre Bestellung warteten, kam plötzlich der Grillmeister auf sie zu und fragte den Karl: „Hatten Sie den Döner oder die Bratwurst?" „Schuldijung...", meinte Karl, „ich *hatte* noch gar nix. Aber ich *hätte* gern den Döner, wenn es möglich ist. - Deutsch schwer Sprach!", meinte Karl. Als sie dann ihren Döner vertilgt hatten, machten sie sich auf den Weg nach Hause. Aber zwischendurch wollten sie noch einmal in ihre Eckkneipe gehen. Dort gab es schönes tschechisches Bier vom Fass, auf das sich Karl schon die ganze Woche gefreut hatte.

Wichtig war, dass Karl seine Pillen in der Apotheke bekommen hatte, denn nur so konnte er in Ruhe seine Bierchen trinken, ohne öfter das Gefühl zu haben, müssen zu müssen.

Bald traten sie den Heimweg an. Wenn sie auf diesem Weg durch die Sandstraße weiter Richtung Osten zur „Oase" gingen, dann hatte er manchmal das Gefühl, nicht im Rollstuhl zu sitzen sondern auf einem Kamel. Wie nun das? Nun – der Rollstuhl war einer zum Zusammen- klappen mit einer gewissen Instabilität. Und je- des Mal, wenn man in der Sandstraße durch Löcher oder über Bodenwellen fuhr, machte sich diese Instabilität durch ein Schaukeln be- merkbar - wie auf einem Kamel. Aber zu einem richtigen Wüstengefühl fehlte noch Einiges. So waren die Nächte noch zu kalt und die Sonne zu schwach, um die Sandstraßen in einen hei- ßen Sand zu verwandeln.

Karl und seine Frau Olga sollten unbedingt in Kürze einmal wieder zur „Oase" rollen. Sie wollten dort mit Fatma, der Wirtin, Abmachun- gen treffen über ein Familienfest, das dort statt- finden sollte. Und was würde sie dann dort erwarten? Hoffentlich ein schönes frisch gezapftes Pils – sein Lieblingsbier aus Westfalen.

Als Karl so im Rollstuhl vor sich hin rollte, dachte er: „Ob ich das noch einmal erleben werde, dass wir hier in Deutschland in den U.S.E. leben?" Er meinte mit den U.S.E. in Anlehnung an die U.S.A. die United States of Europe. Es gibt nämlich Politiker und Wissenschaftler, die meinen, der Euro sei nur zu halten, wenn es auch eine politische Einigung gäbe – ähnlich wie in den U.S.A. Das würde dann bedeuten, dass die bisherigen Nationalstaaten in Europa einen Teil ihrer Souveränität aufgeben müssten, um sich in einen Bundesstaat einzugliedern. Das wäre natürlich nicht so einfach und bei der gegenwärtigen Uneinigkeit der europäischen Staaten, wo man sich noch nicht einmal über die Aufnahme von Flüchtlingen einigen konnte, wäre das wohl eine Illusion. – Man würde sehen.

Wieder zu Hause angekommen, wollte er sich anderen Gedanken zuwenden. Ein paar Tage noch und er würde wieder so mobil sein, dass er sich auf seine Regionalfahrten begeben könnte.

Ein Wintertag

Der Tag hatte schon unglücklich angefangen. Morgens um 9.00 Uhr, als er noch im Bett lag, klingelte schon das Telefon. Es war ein Reiseclub, der ihn wegen einer Tagesfahrt anrief. Er ging nicht ran, sondern ließ alles auf den Anrufbeantworter sprechen. Das konnte er dann hinterher abhören und brauchte sich nicht mit den Anrufern zu beschäftigen. Außerdem morgens um 9.00 Uhr – das war ja eine Unverschämtheit! Die Werbefritzen wurden immer dreister.

Als er sich an seinen Schreibtisch gesetzt hatte und Telefonbanking gemacht hatte, überfiel ihn wieder eine unangenehme Überraschung. Zum einen hatte die Bank die Raten für den Hauskredit nicht – wie zugesagt – nach der Umschuldung auf die neuen geringeren Raten eingestellt, sondern einfach die alten höheren Raten abgebucht. Bei dem anderen Bankkonto drohte eine Rückbuchung, wenn die Abbuchung für seine Kreditkarte eingehen würde.

Das war ja mal wieder wunderbar! Nun hätte er sich gewünscht, dass er von weiteren Prüfungen freigestellt würde. Aber es kam anders.

Als er mit dem Auto in die Stadt fuhr, bekam er den nächsten Schlag in die Magengrube. Das Warnlicht, das im letzten Jahr schon einmal einen Motorschaden angezeigt hatte, leuchtete wieder auf. Das hatte ihm gerade noch gefehlt! Im letzten Jahr hatte er zweimal in Werkstätten an die 2000 Euro zahlen müssen. Ihm blieb nur die Hoffnung, dass das Licht wieder ausgehen würde.

Er fuhr erst einmal zur Sparkasse. Dort erlebte er die nächste Panne. Auf seine Kreditkarte bekam er keinen Euro heraus. Er hatte nämlich etwas Geld abheben wollen, um es auf das Bankkonto einzuzahlen, bei dem die Rückbuchung drohte. So wollte er eine Rückbuchung vermeiden. Daraus wurde nun nichts. Er musste nach Hause fahren, ohne irgendetwas Positives erreicht zu haben. Das einzig Positive an diesem Vormittag war, dass er mit seinem Wagen aus der Garage durch die Einfahrt und den Tiefschnee ohne Probleme herausgekommen war. Gekonnt ist eben gekonnt, dachte er. Aber wenn er die anderen Dinge nur klären könnte! Leider war dem nicht so.

Als er zu Hause angekommen war und die Haustür aufmachte, klingelte schon das Telefon. Was für aufdringliche Typen mögen das wieder sein, dachte er, wahrscheinlich wieder Callcenter-Anrufer. Er ging ins Wohnzimmer, schaute auf das Telefonladegerät, welches blinkte und drückte die Taste zum Abhören des Anrufbeantworters. Was kam, war nur ein Knacken. Also hatte wieder keiner etwas gesagt. Das sprach dafür, dass es tatsächlich wieder so ein ungebetener Anrufer war. Als er dann auf seinem Handgerät im Display sah, dass der Anrufer als „unbekannt" verzeichnet worden war, war ihm alles klar. Diese Heinis! Die würden bestimmt noch einmal anrufen.

Früher hatte er sich immer übermäßig geärgert über diese Anrufer und hatte sie am Telefon dann fertig gemacht, wenn sie sich nicht vorstellten oder ihre Rufnummer unterdrückten. Obwohl diese unerwünschte Anruferei ja verboten war, konnte man diesen Typen schlecht beikommen. Aber er hatte jetzt eine neue Methode entwickelt, wie er sich selber nicht mehr ärgern müsste und den anderen aber Ärger bereiten könnte. Das wollte er nachher einmal ausprobieren, wenn sie wieder anrufen würden. Es war nämlich üblich, wenn ein Anruf fehlgelaufen war, dass dann innerhalb einer bestimmten Frist, einer Viertelstunde oder einer halben Stunde, der nächste Anruf kam. Er hatte den Telefonhörer griffbereit neben sich liegen, während er im Wohnzimmer saß, so dass er im

Display erkennen konnte, ob es ein Anrufer aus dem Bekanntenkreis war.

Es dauerte keine Viertelstunde, da bimmelte das Telefon schon wieder. Er nahm den Hörer auf, schaute auf das Display - unbekannt, stand dort – und sagte gar nichts, lauschte nur in die Muschel des Hörers und hörte, wie dort immer sein Name genannt wurde und nach ihm gefragt wurde. Die Stimme dort wurde immer aufgeregter und verärgerter. Aber er rührte sich nicht. Er sagte keinen Piep. Er hörte dann verärgerte Stimmen aus dem Hintergrund, wahrscheinlich ein Callcenter. Das geschah ihnen recht. Seine neue Methode, den Hörer aufzunehmen, sich aber nicht zu melden, musste den Anrufer verärgern, denn es kostete sein Geld. Er selber brauchte sich nicht mehr aufzuregen und sich mit den Anrufern am Telefon rumzukabbeln, sondern er konnte sich genüsslich das Geschehen anhören.

Eine große Freude bereitete es ihm, dass er in dem Gefühl leben konnte, dass diese ungebetenen Anrufer ja nicht ihr Ziel erreicht hatten, nämlich einen neuen Kunden, einen Dummen erwischt zu haben, dem sie wieder etwas aufschwätzen konnten.

Das gefiel ihm, so wollte er das jetzt immer machen. Die sollten sich mal ordentlich ärgern! Wenn er nicht zu Hause war, mussten sie sowieso auf den Anrufbeantworter sprechen oder sie ließen es sein, was die Meisten ohnehin machten.

Oder wenn er Lust dazu hätte, konnte er es auch so machen wie neulich, als eine dusselige Werbetusse ihn am Telefon mit Freundlichkeit regelrecht überfiel. „Ach, ist das schön, Herr Ypsilon, dass ich Sie direkt gleich kriege. Ach, wie schön, wunderbar, dass ich Sie direkt am Telefon habe." So und ähnlich sabbelte sie ihn voll. Da hatte er ganz trocken geantwortet: „Lassen Sie doch Ihr affiges Getue." Er merkte, wie sie am anderen Ende der Leitung kochte. „Das brauche ich mir nicht gefallen zu lassen!" quatschte sie ins Telefon. „Nö, brauchen Sie auch nicht, ich kann ja auch gleich auflegen." Peng, Ende. Wunderbar! Nur so konnte man diesen sabbelnden Tussen beikommen.

Nun musste er natürlich zugeben, dass nicht alle so waren. Es gab durchaus das eine oder andere Gespräch, wo er sich nicht überrannt fühlte, sondern nett angesprochen und gut informiert. Es kam sogar manchmal vor, dass die Anrufer ihn fragten, ob er einen Augenblick

Zeit hätte für ein Gespräch. Aber das war die Ausnahme.

Was konnte man nicht so alles am Telefon erleben! Oft hatten die Anrufer ihn gleich gefragt, ob er der Betroffene sei, den sie zu sprechen wünschten. Das hatte ihn immer geärgert. Dann hatte er sich schon öfters verleugnet und hatte dem Anrufer geantwortet: „Nein, der Herr XY ist nicht zu Hause, ich bin nur der Gärtner." Manchmal hatte er sich gleich schon mit „Gärtner" gemeldet. Er hatte dann gespürt, wie sie am anderen Ende der Leitung vor Wut kochten. Aber es war ja auch eine Unverschämtheit, jemanden anzurufen und ohne sich selbst erst mal vorzustellen und sein Anliegen vorzutragen, gleich den Angerufenen auszuquetschen, wer er sei, das passte ihm nun überhaupt nicht in den Kram. Das machte er auch nicht mit. Nur, früher hatte er sich geärgert und jetzt hatte er eine neue Methode gefunden, da sollten sich die anderen ärgern. Eine klammheimliche Freude überkam ihn. Er wollte erst einmal beobachten, wie sich das so entwickelte, ob das ganze System klappte. Und er war sich sicher, wenn es wichtige Anrufe waren, auf die er auch Wert legte, dann würden sich die Leute schon melden, mit ihrem Namen und ihr Anliegen auf den Anrufbeantworter sprechen. Dann konnte er umgehend zurückrufen, ihm würde also nichts entgehen. Das war ja genau der Punkt, worauf die ungebetenen Anrufer spekulierten, dass die Leute, die angerufen wurden, glaubten, sie verpassen etwas, wenn sie nicht rangehen. Hier würden sie sich bei ihm „einen Wolf laufen". Dieses Affentheater war nun vorbei.

Es ist schon unglaublich, was in Deutschland im Augenblick am Telefon so abläuft. Ob das im europäischen Ausland wohl auch so ist? Es ist schon unerhört, mit welchen Methoden, vor allem aufdringlichen, die Werbefritzen und Verkäufer heutzutage so arbeiteten. Aber er hatte ein gutes Gefühl, dass er sich jetzt einmal erfolgreich denen entgegenstellte. Was nutzte die ganze Gesetzgebung, die solche ungebetenen Werbeanrufe verbot, wenn man der Sache nicht hinterhersteigen konnte. Er wollte sich jetzt einen Spaß daraus machen. Einen RENTNER-SPASS! Die von ihm neu gefundene Methode konnte ja noch verfeinert werden. Zum Beispiel könnte er bei Bedarf auf einen unaufgeforderten unangenehmen Werbeanruf nicht einfach nur schweigen, sondern dem Anrufer etwas entgegenrülpsen am Telefon oder so ähnlich. Hah, das bereitete ihm Vergnügen! Diesen Kerlen wollte er es noch einmal zeigen. Und das er als Rentner! Er glaubte, so mancher Rentner würde ihm zustimmen und sich freuen, da Anregungen zu bekommen. So soll das auch sein. Rentner auf, wehrt euch! Rentner, ihr habt früher auch alle mal gearbeitet. Jetzt wehrt euch gegen die Geier, die euch unter anderem im Tourismusgewerbe, abzocken wollen. Rentner, wehrt euch! Ihr habt was vorzuweisen. Lasst euch nicht von diesen Vielschwätzern irgendwelche Dinge unterjubeln. Auch als Rentner kann man noch kämpfen!

Glaubte er das wirklich, was er da sagte, oder redete er sich das nur ein? Manchmal glaubte er schon, noch kämpfen zu können - nur, er wusste manchmal nicht so recht, an welcher Stelle und welches der richtige Zeitpunkt war. Aber das war sicher besser, als alle Viere von sich zu strecken und nichts zu tun. Das war nie sein Ding gewesen.

Die ganzen Geschehnisse um das Telefonieren herum hatten ihn so in Anspruch genommen, dass er seine Probleme vom Vormittag ganz vergessen hatte. Das tat auf der einen Seite gut, denn es war wichtig, einmal Abstand von diesen Dingen zu gewinnen. Nur, sie waren damit ja nicht weg. Nachdem vorhin wieder eine „Tusse", die Bücher verkaufen wollte, angerufen hatte, wurde es jetzt am Telefon wieder etwas ruhiger. So kehrten seine Gedanken zurück zu den Problemen des Vormittags. Ganz schwer bedrückte ihn die Vorstellung, dass sein Auto Schaden genommen haben könnte. Sein Auto war für ihn kein bloßer Gegenstand, sondern es war der Weg zur Freiheit, zur Befreiung. Zum Beispiel, wenn er an die Ostsee fuhr. Er fuhr auch gerne mit der Bahn und öffentlichen Verkehrsmitteln, Straßenbahn, Bus usw., aber sein Auto war für ihn ein Stück Freiheit.

Was wäre, wenn die Reparatur wieder so schweinemäßig teuer sein würde? Er wusste nicht, wie er das bewältigen sollte. Es durchfuhren ihn manchmal so Gedanken. Hätte er lieber einen einfachen, unkomplizierten Diesel, der immer funktionierte und nicht so ein hochkompliziertes technisches Wesen wie seinen modernen Wagen. Gut, es war vielleicht etwas ungerecht, er hatte noch nie so einen guten Wagen besessen wie diesen hier. Komfortabel, nicht luxuriös, aber mit der besten Technik ausgestattet und sehr angenehm zu fahren. Aber was nützte das, wenn er kaputt war? Er wollte in den nächsten Tagen einmal zur Werkstatt fahren und den Wagen überprüfen lassen. Vielleicht war es kein größerer Schaden, sondern nur eine Kleinigkeit, die schnell behoben werden konnte? Er wollte das geklärt haben, er wollte nicht mit der Ungewissheit leben.

Und – wie sich später herausstellte – es war nur eine kleine Pflegereparatur nötig. Für den Fall, dass die Warnleuchte noch einmal aufleuchten sollte, so wurde ihm gesagt, war nur der Austausch eines Sensors erforderlich, was nur geringe Kosten mit sich bringen würde.

So konnte er erst einmal aufatmen und sich wieder anderen Dingen zuwenden.

Und nun war es wieder soweit. Karl war bereit, seine Regionalausflüge zu machen.

II. Kapitel

I. Havelpark

Da saß er nun mitten im Havelpark auf einer Bank. Es war kein Park mit Sträuchern und Bäumen, sondern mit Boutiquen und Geschäften aller Art. Es war ein Einkaufspark der neuen Art; ein Konsumtempel oder auch Rentnerparadies, wie er es immer nannte. Hier ließ er das Leben an sich vorüberziehen. Teilnehmen am Konsum konnte er zurzeit mangels Geldes nicht. Aber er verspürte auch keinen Konsumzwang. Ihm fehlte eigentlich nichts. Ab und zu einmal ein Fischbrötchen und wenn der große Hunger kam, dann war da das Restaurant mit Preisen fast wie zu DDR-Zeiten.

Es war schon interessant, was alles für Leute hier so vorbeikamen. Von der kleinen mageren Schülerin, die hektisch ihren Einkaufswagen vor sich herschob, bis hin zur fetten 100-Kilo-Matrone, deren Oberschenkel beim Aneinanderschleifen eigentlich schon Funken sprühen müssten. Und dann da - dieser Herr im dunklen Anzug, der ganz wichtig aussah und ständig mit dem Handy herumtelefonieren musste. Bestimmt ein Banker oder so etwas Ähnliches. Aber es gab auch etwas Erfreuliches, zum Beispiel die superschicke Blondine, die mit ihren Highheels kaum den Einkaufswagen schieben konnte - aber eine richtige Sexbombe: Erotischer Hintern, schöne Beine und Füße, aber leider ohne Strumpfhose. Bei diesen Temperaturen hätte ihr sicher eine Beinbekleidung gut getan. Außerdem hätte das ihre Beine noch schöner gemacht. Er wusste das. Er verstand etwas davon. Im Übrigen trägt die elegante Frau auch im Sommer Strümpfe, dachte er.

In letzter Zeit hatte er es sich angewöhnt, seine Gedanken auszusprechen, sie vor sich hin zu brabbeln. Manchmal etwas zu laut, so dass die vorbeigehenden Leute etwas mitbekamen. So wie eben wieder, als diese überdimensionierte dicke Frau vorbeimarschierte und ihm ein „Fette Qualle" rausrutschte. Sie blieb stehen, drehte sich zu ihm um und fragte: „Was haben Sie gesagt?" „Och, äh, nix Besonderes, unwichtig.", stammelte er. Sie drehte sich wieder um und ging mit erzürntem Blick davon. Eben wären fast wieder zwei Marktweiber mit ihren Einkaufswagen aneinander gerammelt. Er konnte sich nicht halten: „In Deutschland herrscht Rechtsverkehr", sprach er laut vor sich hin.

Und: „Die haben bestimmt den Führerschein im Supermarkt gekauft."

Da kamen wieder ein paar Typen von der Sorte „Assel". Den Einkaufwagen mit einer Hand schiebend, mit der anderen Hand telefonierend und dann noch eine Bratwurst kauend, so dass der Senf ihnen aus dem Mund rauslief. Widerlich! Am liebsten hätte er ihnen ein Bein gestellt, damit sie einmal ordentlich stolpern sollten.

Eigentlich hatte er jetzt genug von seiner Milieustudie. Deshalb wollte er zur Fischstube gehen, um sich ein Fischbrötchen zu kaufen. Dort würde es sicher auch wieder genug fette Leute geben, die alles in sich hineinstopften, was sie nur bekommen konnten, und dabei sich noch laut unterhielten, schmatzend und grunzend. Ihm fiel bei diesen Gedanken das Lied von Udo Jürgens ein „Aber bitte mit Sahne!".

Diese Figuren wären etwas für Zille gewesen. Man braucht eigentlich gar nichts zu erfinden, um Komisches zu erleben, sondern den Menschen einfach nur auf die Bewegungen und das Maul zu schauen. Er fragte sich manchmal, warum es so viele komische Verhaltensweisen gab. Man könnte manchmal meinen, man sei auf einer Comedy-Bühne. Jetzt hatte er seine Fischstube erreicht und siehe da: Alle Fischbrötchen waren weg! Aufgefressen von den dicken Quallen wahrscheinlich. Er wurde ärgerlich. Das ging ihm dann doch zu weit! Das fand er nun nicht mehr lustig! Was sollte er nun machen? Er hatte Hunger. Oder sollte er sich schnell eine Bratwurst „reinziehen"?

Von diesen Cholesterinbomben hatte er neulich sehr schlechte Cholesterin- und Triglyceridwerte. Nein, das wollte er nicht noch einmal. Sein Arzt hatte mit ihm geschimpft, weil er glaubte, es läge am Alkohol. So trollte er sich denn nach Hause, um sich eine Käseschnitte zu machen und über das Erlebte noch einmal nachzudenken.

II. Einkaufsmarkt

Da saß er nun wieder in einem Park. Einem Einkaufspark. Aber dieser war anders, zum einen war er kleiner und nicht so vielfältig versehen mit Boutiquen und kleineren Geschäften. Hier sah es eher aus wie in einem Riesensupermarkt. Für ihn war dieser Park günstiger. Auch war er für ihn als Gehbehindertem fußläufig ganz gut zu erreichen. Er ließ sich hier gerne im Vorraum gleich hinter der Eingangsdrehtür nieder und konnte von hier aus die Menschen beobachten, wie sie durch die Kassen dem Ausgang zuströmten. Er hatte sich jetzt einen Cappuccino verdient, nachdem er von zu Hause durch eine wunderschöne Baumallee voll von Herbstlaub, das zu beiden Seiten im Rinnstein lag, gelaufen war.

Er konnte von seinem Stuhl aus genau auf die ganze Kassenzeile schauen. Interessant, wie unterschiedlich die Menschen sich verhielten, nachdem sie durch die Kasse durch waren. So manche schienen erleichtert, dass sie ihren Rieseneinkaufswagen nun durch die Kasse hatten und diesen Einkauf glücklich hinter sich gebracht hatten. Andere wiederum standen bei der Kassiererin und warteten voller Spannung, dass der Kassendeckel aufsprang. Das war nämlich das Zeichen, dass die Kreditkarte oder die ec-Karte von der Kasse akzeptiert worden war. Wie viele werden wohl gezittert haben, ob ihre Karte beim Einkauf noch funktioniert, also genug auf dem Konto hat? Das war dann wirklich eine Erleichterung, wenn man an der Kassiererin vorbei war und die Rechnung begleichen konnte. Wie peinlich wäre es auch, wenn man mit dem Einkaufswagen hätte zurückfahren müssen und die eingekauften Sachen zum Teil wieder in die Regale hätte packen müssen?

Mit dem erfolgreichen Einkauf über Karte funktionierte es aber nicht immer. Gelegentlich kam es vor, dass die Karte nichts mehr hergab. Dann guckte die Verkäuferin auf, nachdem der Kassendeckel nicht aufgesprungen war und sagte: „Die Karte will nicht." „Das kann doch nicht sein, ich habe doch vorhin damit noch woanders eingekauft!" Die Verkäuferin darauf: „Schauen Sie her. Die Karte ist nicht zugelassen." Oh, wie peinlich! Er kannte das. Ihm war das auch schon passiert. Nur gut, wenn man dann noch genug Bargeld dabei hatte. Deshalb machte er es jetzt schon immer so, dass er in kritischen Fällen überschlug, wie hoch die Rechnung werden würde und dann nachschaute, ob das Bargeld dafür notfalls noch ausreichen würde. Das waren alles so Probleme. Wie vielen

Menschen mochte es so ergehen an der Kasse? Die Angst vor dem Nichtbezahlenkönnen war ein dummes Gefühl.

Aber es gab sicher viele Menschen, die viel schwierigere Probleme hatten. Wie viele mochten zu Hause eine schwere Krankheit zu verkraften haben? Oder vielleicht sogar einen Todesfall? Man konnte es ihnen nicht unbedingt ansehen, obwohl manche nicht gerade Fröhlichkeit in ihrem Gesicht herumtrugen. Wie viele mochten vielleicht in großen finanziellen Schwierigkeiten stecken oder vielleicht sogar vor dem Ruin stehen? Man weiß es nicht, man konnte es ihnen auch nicht ansehen, Gott sei Dank! Man konnte zwar in die Gesichter der Menschen hineinschauen, sie zum Teil etwas aufblättern, aber nicht ihr Inneres nach außen wenden. In einem solchen Falle müssten diese Menschen ihre Individualität aufgeben, was sicher sehr schlimm wäre. Auf der anderen Seite – vielleicht könnte dem einen oder anderen geholfen werden, wenn seine wahre Situation nach außen deutlich würde.

Mir fällt hierbei der Nationaltorhüter Robert Enke ein, der irgendwie in sein Schicksal hineingelaufen ist, ohne dass ihm seine Umgebung eine echte Hilfe sein konnte.

Jetzt wollte er erst einmal seinen Cappuccino austrinken.

Bei einem schnellen Blick noch einmal zur Kasse hinüber fiel ihm auf, dass eigentlich kaum wirklich glückliche Gesichter durch die Kasse kamen. Vielleicht war einfach der Einkaufsstress zu groß?

Plötzlich gab es ein großes Getöse. Er hätte sich fast an seinem letzten Schluck Cappuccino verschluckt. Was war geschehen? Ein Blick auf eine der mittleren Kassen zeigte ihm alles. Ein Rentnerehepaar war mit seinem Einkaufswagen gegen den Pfosten, der am Ausgang des Kassenganges steht, geknallt und hatte damit den Alarm ausgelöst. Er hörte nur, wie der Rentner seine Frau anschrie: „Jetzt hast du noch die Hälfte vergessen, du blöde Kuh! Da kannst du noch einmal zurückgehen und alles holen!" Fassungslos sahen sich die anderen Leute an den Kassen das Getümmel dort an. Ihn faszinierten solche Proleten in negativer Weise. Wenn sie ihm zu nahe kamen, dann ließ er schon einmal einen giftigen Kommentar los. Jetzt juckte es ihn im rechten Arm, den „Wischer" zu machen, das heißt, die flache Hand mit gespreizten Fingern vor der Stirn hin- und her bewegen. Er verkniff es sich noch einmal und dachte, was gehen mich diese Idioten an. Ihm hatte nur ein wenig die Frau leid getan, die da so vor allen anderen Leuten heruntergeputzt wurde.

Nachdem nun sein Cappuccino ausgetrunken war, ging er in den Markt, um noch einige Besorgungen zu machen. Irgendwie war der Tagesverlauf heute eigenartig. Nach dem soeben Erlebten war ihm irgendwie schelmisch zumute. Und schon ergab sich eine Gelegenheit, seinen Schalk herauszulassen. Als er am Gemüsestand entlangging, stolzierte vor ihm eine elegante Dame in hochhackigen Pumps und mit sehr hübschen Beinen. Sie hatte eine schokofarbene Strumpfhose an, die stark glänzte, so wie er das gerne mochte. Da ritt ihn plötzlich der Teufel. Er sprach die Dame an: „Hallo, gnä' Frau, Sie haben da was am Bein." Die Frau blieb stehen und schaute erschrocken an ihrem Bein herunter, konnte aber nichts entdecken, so dass sie den Rock etwas hochschob, wodurch er noch mehr von ihren hübschen Beinen sehen konnte. „Was ist es denn?", fragte sie ihn. „Eine Strumpfhose!", war seine Antwort. Sie schüttelte den Kopf, drehte sich um und stolzierte davon. Einen Augenblick lang hatte er gedacht, sie würde ihm eine knallen.

III. Boddencenter

Ein anderer Ort. Ein anderer Park. Wieder saß er auf einer Bank in einem Einkaufspark. Nur diesmal nannte sich dieser „Center". Er war in einem Einkaufsbereich an der Ostsee gelandet.

Er wollte einmal vergleichen, ob die Menschen hier anders waren als bei seinen vorherigen Parkbesuchen. Auf den ersten Blick erschienen sie ihm normaler. Aber wenn er auf die Autonummernschilder des Einkaufsparkplatzes guckte, dann musste er feststellen, dass höchstens die Hälfte der Fahrzeuge aus der Region hier war. Das heißt: Die Masse waren Autos aus seinen Räumen, dem Berliner Raum, Brandenburg, viele auch aus Sachsen und Sachsen-Anhalt, also Touristen. So stellte sich auch das Publikum des Einkaufscenters dar. Vornehm gekleidete Männer und Frauen waren überhaupt nicht zu sehen. Dafür viele in kurzen Hosen oder zum Teil Badesachen, mit Turnschuhen und sogar Badegummilatschen. Aber eine Menge dicker Weiber mit pommerschen Beinen gab es hier auch. Sein Vater hatte immer gesagt: „Pfannkuchen mit Beene".

Aber irgendwie ging das hier alles ruhiger ab als in Großstadtnähe. Das fiel ihm auf. Das konnte natürlich zum Teil daran liegen, dass die Leute hier im Urlaub waren und somit entspannter als im Alltag. Was ihm auch auffiel, war, dass an den Kassen nicht so ein Gerangel und Geschiebe war mit den Einkaufswagen, wie er das kannte. Oder waren die Menschen hier vernünftiger?

Er traute seinen Augen nicht, was er da jetzt sah. Eine Horde Jugendlicher stürmte in das Einkaufscenter. Grell gekleidet oder schwarz, mit den wildesten Haarfarben, schwarz, gelb, grün, lila, blau – alles war dabei. Das waren Punker. Vielleicht war am Strand wieder ein Punkerfestival, wie letztes Jahr. Das hätte ihm gerade noch gefehlt. Aber die waren schnell vorbei und es kehrte wieder die Normalität ein. Er hatte das Gefühl, dass hier mehr Ausgeglichenheit, mehr Normalität, mehr Ruhe herrschte als in den Großstadtgegenden. Er mochte die Atmosphäre hier. Vielleicht lag es am Meer. Die Menschen hatten einfach angesichts des weiten Meeres eine andere Einstellung, ein anderes Verhalten. Ihm ging es genauso. Wenn er hier war, am Strand stand und auf das Meer schaute, dann überkamen ihn ganz bestimmte Gefühle. Er wurde ganz andächtig und demütig. Die-

se Weite des Meeres hatte schon etwas Faszinie-
rendes. Und das wirkte sich mit Sicherheit auf
die Menschen aus. Immer, wenn er hierher ans
Meer kam, lebte er richtig auf. Er konnte seine
Probleme des Alltags besser zurücklassen. Sie
waren nicht weg, aber irgendwie war er von
ihnen befreit. Und das tat ihm gut. Immer wieder. Deshalb liebte er es, häufig ans Meer zu
fahren. Das war ihm eine neue Heimat geworden.

Heimat

Aber was bedeutet „Heimat" für ihn überhaupt? Er kannte das Wort „Heimat" aus dem Heimatkundeunterricht in der Schule und aus Erzählungen seiner Eltern und Großeltern als Heimatvertriebene oder aus einem der Lieblingslieder seiner Jugend in „Heimatlos sind viele auf der Welt" von Freddie Quinn.

Was ist Heimat? Heimat ist da, so meinte er, wo man seine Wurzeln hat. Macht Heimat glücklich? - Er wusste es nicht. Aber er wusste, keine Heimat macht unglücklich. Deshalb war er immer auf der Suche nach einer Heimat. Er war jetzt hier in den neuen Bundesländern gelandet, die wahrscheinlich nie ein Vorfahre von ihm betreten hatte. Gut, einmal davon abgesehen, dass sein Vater 20 Jahre in der Hauptstadt gelebt hatte und seine Mutter aus Schlesien kam.

Ihm gingen diese Gedanken jetzt verstärkt durch den Kopf, da er vor einer Fahrt in das Land seiner Ahnen/Väter war. Das war im südlichen Niedersachsen. Und weiter sollte es gehen in sein Elternhaus. Was bedeutete ihm sein

Elternhaus? Nun, das war nicht so einfach zu sagen. Erstens waren da die Erinnerungen an seine Kinder- und Jugendzeit, und weiterhin war es in den letzten Jahren mit seiner Mutter ein Treffpunkt für die ganze Familie. Aber er hatte dort in seiner Jugend keine Wurzeln geschlagen. Es gab keine Kontakte mehr zu Jugendfreunden oder zu seiner Jugendband. Deshalb konnte er jetzt auch relativ unbelastet dahin fahren.

Vielleicht lag seine Wurzellosigkeit auch mit daran, dass seine Eltern mit ihm nach dem Krieg als Vertriebene in eine Gegend gekommen waren, nämlich das Sauerland, welches Fremden gegenüber nicht gerade sehr aufnahmebereit war. In einer tief katholischen Gegend waren Protestanten nicht gerade übermäßig gerne gesehen. Er konnte sich noch gut daran erinnern, wie es in den ersten Jahren seiner Schulzeit immer wieder nach Schulschluss Kämpfe zwischen katholischen und evangelischen Jugendlichen gegeben hatte. Die evangelischen waren viel weniger und deshalb stark im Nachteil. Oft musste er, um nach Hause zu kommen, einen Riesenbogen machen und kam dann natürlich viel zu spät zu Hause an, so dass er dort mit seiner Mutter Ärger bekam. Aber ihm war das lieber als von den Katholiken

„verkloppt" zu werden. Gängig waren damals zum Beispiel Aktionen, wie den Schultornister entreißen und ihn in den Bach zu schmeißen usw.

Das waren Dinge, die man sich heute eigentlich kaum noch vorstellen konnte, oder nun nach den Problemen im Rahmen der Flüchtlingswellen doch wieder. Er war viel in Deutschland herumgekommen und hatte das Gefühl, dass nirgendwo sonst ihm so viel Ablehnung oder Widerstand entgegengebracht wurde wie damals zu seiner Kinderzeit im Sauerland. So wurde es nichts mit den Wurzeln dort.

Auch an seine Gymnasialzeit hatte er einige Erinnerungen, die aus heutiger Sicht eigentlich unglaublich sind und damals nicht gerade Heimatgefühle aufkommen ließen. So erinnerte er sich an eine Musikstunde bei ihrem kleinen rundlichen Musiklehrer Puggel, der, was Autorität anbetraf, völlig hilflos war. Zu Beginn der Unterrichtsstunde kam er hereingerollt, knallte sich ans Klavier, und wollte wie üblich ein Eingangslied spielen. Was herauskam, waren jedoch nur miese Töne. Der Lehrer sprang auf, hob den Deckel vom Klavier hoch und förderte Schirme, Mützen, alle möglichen Gegenstände usw. hervor und schmiss sie auf den Boden. Der von ihm daraufhin zu Hilfe gerufene Direktor kam nach kurzer Pause mit einem langen Rohrstock in die Aula, die gleichzeitig als Musikraum diente, hereingestürzt und schlug wahllos wie wild auf die Schüler von hinten mit dem Rohrstock ein, so dass einige Schüler, die das Pech hatten, getroffen worden zu sein, blutige Stellen aufwiesen. Unglaublich!

Wenn man diese Geschichte heute erzählte, so musste man erst einmal den Zuhörer davon überzeugen, dass das Wahrheit war und keine Fantasie oder fehlgeleitete kindliche Wahnvorstellung. Er glaubte, so etwas konnte sich auch nur in einer katholischen Kleinstadt vollziehen kurz nach dem Kriege, wo die Nazizeit noch nicht aufgearbeitet schien. Dass diese Angelegenheit keine disziplinarrechtlichen Konsequenzen hatte, liegt wohl mit daran, dass keiner der Schüler sich traute, das zu Hause zu erzählen, weil viele Angst hatten, sie kriegten zu Hause noch einmal etwas auf den Hintern. Das Ganze war eine Situation von Krampf und autoritärem Druck. Auch das war nicht geeignet, Heimatgefühle zu entwickeln.

Aber zu seinem Elternhaus und dem Grundstück dazu hatte er schon eine Bindung entwickelt.

Und er hätte so gerne Wurzeln. Er besäße gerne ein Stückchen Erde im Land seiner Vorfahren, um dort Wurzeln zu schlagen.

Wie unterschiedlich konnte doch die Erde in Deutschland sein. Dort Faulschieferboden, voller Steine, woanders Lehmboden, schwer und klebrig, wiederum woanders sandig und leicht, wenig fruchtbar und teilweise reiner Felsboden. Nun egal - Wurzeln konnte man fast überall hineinschlagen. Sie mussten nur fassen und den Baum wachsen lassen.

IV. Krankenhauspark

Und wieder ein anderer Park. Er stand vor dem Krankenhaus, in das er damals nach dem Schlaganfall eingeliefert worden war und in das er heute noch regelmäßig zur Nachbehandlung geht.

Der Schlaganfall

Der Schlaganfall hatte ihn hart getroffen. Es war ein Verschluss der Karotis, also der Hauptschlagader, der ihn völlig aus der Bahn geworfen hatte. Eigentlich passte das Wort „Schlag" gar nicht auf ihn, denn er hatte keinen Schlag verspürt. Er war nicht gestürzt oder umgefallen. Er war auf einer Dienstbesprechung schlicht und einfach eingedöst. Er hatte dem Vortrag des Vizepräsidenten gelauscht, als ein Kratzen in seinem Hals einen Reizhusten auslöste. Auf die Frage eines Kollegen, ob alles okay sei, hatte er geantwortet: „Ja, ja, klar." Dieser Kollege starb 2 Jahre später selber an einem Schlaganfall.

Die fehlende Durchblutung wird den Hustenreiz ausgelöst haben. Die herbeigerufene

Ärztin stellte gleich eine fehlende Durchblutung fest. Er nahm das zunächst nicht so tragisch, nicht ahnend, welche Konsequenzen das haben würde. Mit einem Schlaganfall hatte er nie gerechnet, da er dachte, das sei nur etwas für alte Menschen. Mit einem Herzinfarkt dagegen hatte er sich schon einmal gedanklich vertraut gemacht.

Als er sich in dem herbeigerufenen Notarztwagen auf die Trage legen sollte, hatte er gemeint, er könne doch vorne neben dem Fahrer auf dem Beifahrersitz sitzen. Er hatte die Situation völlig verkannt. Aber das war wohl kein Wunder, denn die Lähmungen traten erst später ein. Da er keine Schmerzen verspürt hatte, nahm er die Sache nicht so dramatisch. Das sollte sich aber bald ändern, denn mit Sprachstörungen und einer linksseitigen Lähmung war er dann nur noch ein Häuflein Elend. Gut, dass er die Tragweite der ganzen Angelegenheit nicht gleich überschaute. So konnte er sich noch ein wenig Lebensmut bewahren. Sein Glück war, dass er sehr schnell in ärztliche Behandlung kam. Die Klinik, in die er eingeliefert worden war, hatte eine sogenannte „Stroke Unit", also eine Einheit, die sich schwerpunktmäßig mit solchen Notfällen befasste.

Nach rund zweiwöchigem Aufenthalt im Krankenhaus, mit vielfältigen Bemühungen der Ärzte und Pfleger, ihn wieder am menschlichen Leben teilnehmen zu lassen, zum Beispiel Laufen lernen, Sprechen üben usw., musste er in eine neurologische Reha-Klinik verlegt werden. Das war ein Kapitel für sich.

Hier machte er, der er bisher ein geachteter Mensch, Mitarbeiter, Kollege und Chef gewesen war, die Erfahrung, dass er wie ein Idiot behandelt wurde. Alle Patienten, egal ob schwer geschädigt oder nur leichter, wurden gleich behandelt, also „über einen Kamm geschoren". Da er nur noch leichtere Probleme der körperlichen Lähmung behalten hatte und keine geistigen Ausfälle, fühlte er sich ungemein ungerecht behandelt. Es war fast unerträglich für ihn. Als er dann noch das Zimmer mit einem Alt-Nazi, der die Nazis verherrlichte und ständig widerlich nach Urin stank, teilen musste, hatte er im wahrsten Sinne des Wortes die Nase voll. Er beschwerte sich und kam in ein anderes Zimmer.

Es könnten hier noch vielfältige Erlebnisse aus der Zeit der Rehabilitation ausgeführt werden, zum Teil lustige, aber auch größtenteils nicht so lustige Dinge. Wichtig war es für ihn, dass er wieder Lebensmut bekam, dass er sich eine Perspektive im Geiste aufbaute. Dabei war es besonders wichtig, dass er eine neue Liebe hatte, die ihm Kraft gab und die ihn aufbaute.

Trotzdem blieb nach allem im linken Arm und im linken Bein eine leichte Lähmung zurück, wodurch er gehbehindert blieb, nicht mehr Gitarre spielen und nicht mehr Schwimmen konnte. Aber das war händelbar.

Auffallend waren die Veränderungen in seiner Persönlichkeit. Früher war er akkurat – schon in der Schule wurde sein akkurates Arbeiten im Kunstunterricht gelobt. Er war Beamter, leitender Beamter von offener Art, geradlinig, direkt, freundlich und zum Teil penibel.

Jetzt arbeitete er als freischaffender Autor, was er eigentlich immer schon einmal machen wollte. Aber er war chaotisch, ungeordnet, zu empfindlich (Bei jedem Geschehnis, das ihn emotional berührte, kamen ihm gleich die Tränen – Man sagt, das sei bei Schlaganfallpatienten häufig der Fall.) und manchmal sogar jähzornig.

Während er früher ein allseits beliebter, freundlicher Mensch war, wurde er jetzt zum Teil sehr unfreundlich, vor allem, wenn ihm jemand in die Quere kam oder er am Telefon von ungebetenen Werbeanrufern belästigt wurde. Dann konnte er sich fürchterlich aufregen und machte dann die Anrufer am Telefon fertig. Aber heute war das anders.

Sein Blick schweifte über den noch grünen Rasen bis hinunter an den Kanal, wo ein paar Schiffe festgemacht hatten. Da er seine Behandlungen wieder einmal mit Erfolg hinter sich gebracht hatte, war seine Stimmung gut. Der Tag hatte morgens schon gut angefangen.

Während der Fahrt mit der Bahn durchs Havelland und der S-Bahn durch die Stadt hatte er das gute Bauchgefühl, das er so oft vermisste. Ruhiger Bauch, keine Sorge vor Durchfall, kein dringendes Gefühl, müssen zu müssen. Dann das gute Rentnergefühl, das er auch so oft vermisste: Das Gefühl, alles schon gehabt zu haben, was man haben sollte und wollte, alles erlebt zu haben, nicht mehr teilnehmen zu müssen an Wettbewerben und Ränkespielen, kein Kampf mehr ums Weiterkommen, keine Prüfungen mehr, keine Ängste, kein Gefühl mehr, andere ausstechen zu müssen, besser zu sein als andere, kein „Fressen oder Gefressen werden" mehr, kein ewiges Ringen mehr um Tabellenplätze wie beim Fußball. Deshalb ein gutes Gefühl.

Die Unruhe, die er früher oft verspürte und leider jetzt auch noch zu häufig, hatte er wohl von seiner Mutter geerbt, die nie eine Reise machen konnte ohne irgendeinen Wettbewerb, zum Beispiel schneller zu sein, besser zu sein als andere, ein besseres Quartier zu haben usw., immer sich mit anderen zu vergleichen, die es nie ruhig laufen lassen konnte.

Ihm fiel ein, dass gerade Rentner, die es doch eigentlich nicht mehr nötig hätten, sich immer wieder vordrängeln mussten und andere zur Seite drücken mussten, zum Beispiel beim Bus oder im Einkaufsmarkt. Das wollte er nicht mehr haben.

Während er so dastand und zum Kanal hinunter schaute, begann es immer stärker zu regnen. Das störte ihn nicht, auch wenn sich zwischenzeitlich ein paar dicke Schneeflocken in den Regen mischten. Er war innerlich ausgeglichen. Er hatte sich das gute Bauchgefühl bewahrt. Das wollte er sich auch nicht wieder nehmen lassen. Wenn er ehrlich war, so hatte er das allerdings nur mit Medikamenten erreicht. Aber egal – Hauptsache das Ergebnis stimmte!

In seinem früheren Leben wäre ein zu sicheres Bauchgefühl ihm vielleicht sogar hinderlich gewesen. Seine innere Unruhe hatte bei ihm ein kritisches Verhalten gegenüber Dingen des täglichen Lebens bewirkt.

Zum Beispiel im Straßenverkehr. Er dachte - wie beim Schachspiel - immer ein paar Züge voraus (Zum Beispiel: Was könnten die anderen jetzt für Fehler machen?) und hatte dadurch schon mehrfach Unfälle vermeiden können.

Man konnte deshalb aber nicht sagen, dass er ein Pessimist gewesen war. Er hatte einfach immer vorhersehen wollen, was geschehen könnte und was geschehen würde.

Aber mit dem ruhigen Bauchgefühl ließ es sich ruhiger und einfacher leben. Er kannte Leute, die hatten wohl nie eine innere Unruhe verspürt. Ob sie zufriedener und glücklicher waren und gesünder? - Er wusste es nicht. Aber er wollte es herausfinden.

V. Im Designer-Outlet-Park

Da kiekste, wa! – war die Überschrift auf einer Werbebroschüre für dieses Einkaufscenter der Superlative. Es nannte sich Designer-Outlet-Center. So etwas hatte er noch nicht gesehen! Hier waren auf einem ehemaligen Acker am Rande der Hauptstadt viele Häuser gebaut worden, die sich zu einem märkischen Dorf in alter Gestalt zusammenfügten. Man war hier praktisch in einer Altstadt, die neu erbaut worden war. Ein Dorf mit optisch alten Häusern, mehreren Stadttoren mit Türmen, Kolonnaden usw.

Aber wer baute so etwas? Das musste ja ein horrendes Geld gekostet haben. Nun, wie man erfahren konnte, hatte hier ein Großinvestor die Häuser hingesetzt, um sie dann an Markenfirmen zu vermieten und damit den Menschen der Hauptstadt ein besonders elegantes Shoppingerlebnis zu bieten. Ein Shoppingerlebnis in eleganter Umgebung, nur 30 Minuten von der Hauptstadt entfernt. Hier sah er Markenwerbung von Adidas, Levis, Calvin Klein, Marco Polo, Strenesse, Tommy Hilfiger, René Lezard usw. Alles Firmen, die er vom Namen her kannte, er hatte davon gehört. Er hatte aber noch nie derlei Waren gekauft. So begeistert er auch von der Anlage des kleinen Dörfchens war, so war es doch nicht seine Welt. Das war nicht seine Liga. Er konnte sich nicht vorstellen, jemals – auch wenn es hier öfter Schnäppchen gab – etwas für sich zu kaufen. Er brauchte solche Markenware nicht. Für ihn taten es auch Klamotten von Discountern.

Was ihn - abgesehen einmal von der eleganten Ausstattung der Läden und dem supertollen Angebot - am meisten faszinierte, das waren die Menschen, die hier einkaufen wollten. Er wusste gar nicht, ob man das Einkaufen nennen konnte, denn diese Menschen machten den Eindruck, als schlenderten sie hier herum, um zu gucken, zu flanieren und nur gelegentlich etwas einzukaufen. Das war wohl überwiegend etwas für junge Leute. Schon die meisten Verkäuferinnen waren durch die Bank junge Mädchen. Sie waren entsprechend schick in Klamotten aufgepeppt, braungebrannt von der Sonne, Solarien oder Cremes. Aber schon sehenswert! Nur manchmal auch ein bisschen affig für seine Verhältnisse.

Das wäre mehr etwas für seine Kinder hier, insbesondere etwas für seine Mädchen. Als sie durchs Dorftor hereingekommen waren, hatte sie gleich ein Geschäft mit Damenfeinstrumpfhosen von Kunert begrüßt, ab 7 Euro aufwärts. Das waren besonders günstige Angebote. So eine Art Winterschlussverkauf. Schräg gegenüber lud ein Café zum Cappuccino ein. Da wollten sie nachher beim Rückweg einmal einkehren, falls dann noch Plätze frei sein würden. Beim Weitergehen stellten sie fest, dass ungefähr 40 Shops mehr als 60 Mode- und Lifestyle-Marken mit zum Teil Rabatten von 70 % anboten. Für seine Verhältnisse waren diese Preise dann allerdings immer noch zu hoch. So sah er in einem Ledergeschäft eine hübsche Herrenledertasche, die er sich gut als Ergänzung zu seiner Ausstattung vorstellen konnte. Aber 90 Euro für dieses Täschlein waren ihm einfach zu viel.

Plötzlich standen sie vor einem Schokoladengeschäft. Hier war vielleicht etwas los! Schokolade auf den Tischen, Schokolade an den Wänden, alles voller Schokolade. Er wollte hier nur einen kurzen Abstecher machen, vielleicht aber einmal hineinschauen und einmal riechen, ob es gut nach Schokolade duftete. Ihm fiel dabei auf, dass die Menschen hier besonders fröhliche Gesichter zeigten. Kein Vergleich zu sonstigen Einkaufsmärkten. Eine Frau hetzte hin und her, kam ihm zweimal entgegen, wohl auf der Suche nach irgendwelchen besonderen Schokoladenstückchen. Sie hatte trotzdem ein strahlendes Gesicht, man möchte fast schon sagen: Ein seliges! Wie konnten Menschen nur so in Kaufextase geraten? Man sagt ja allgemein, dass Schokolade essen glücklich macht. Aber vielleicht ist es so, dass Schokolade angucken schon glücklich macht? Oder diese Menschen mussten schon zwischendurch genascht haben. Aber vielleicht war es auch nur die Vorfreude?

Doch er wollte weiter. Lieber am Ausgang des Dorfes noch einen schönen Cappuccino trinken. Doch so schnell ging das nicht. Er wurde zwischendurch immer mal wieder in ein Leder- oder Textilgeschäft geschleppt, um zu gucken, was für ein Angebot es dort gab. Er machte das deshalb ganz gerne mit, weil er dann aus der Kälte in schöne warme Räume kam. Das war sehr praktisch. Auch wenn es regnen würde, hätte man hier immer die Möglichkeit, von Haus zu Haus schnell herüberzuwechseln, ohne groß nass zu werden.

Ob sich das hier alles wohl rentieren würde? So ein Designer- und Markenverkauf als Fabrikverkauf zu besonders hohen Rabatten? Nun, das mussten wohl andere Menschen sein als er, die hier einkauften. Er fand die Atmosphäre hier interessant, zum Teil ganz gepflegt, zum Teil affig, aber er hatte kein Bedürfnis, sich hier etwas zuzulegen. Ein wenig sich Umschauen, ja, das war in Ordnung. Und auch mal schicke Leute sehen, vor allem attraktive Frauen. So wie vorhin die hübsche Blonde mit ihren superschicken engen Lederhosen und den eleganten Stiefeln dazu. Das war doch etwas fürs Auge! Aber jetzt wollte er etwas für seinen Mund, nämlich den Cappuccino. Es gab tatsächlich noch freie Plätze und endlich eine Toilette. So konnte er den Rückweg nach Hause entspannt antreten.

Auf dem Weg zum Autoparkplatz ging ihm noch einmal alles durch den Kopf. Die Riesenauswahl hier, die Eleganz der Geschäfte, die enormen Rabatte. Ob das alles koscher war und die Leute hier nicht „betuppt" wurden? Er hatte in letzter Zeit eine sehr kritische Einstellung gegenüber Geschäftsleuten gewonnen. Das war auch nicht verwunderlich, denn er hatte einige Erlebnisse hinter sich, die sehr bedenklich waren.

So hatte das Autohaus, bei dem er eine Autoreparatur hatte durchführen lassen, gleich eine Rechtsanwaltskanzlei eingeschaltet, weil die zweite Rate zum fälligen Zeitpunkt nicht bei der Firma auf dem entsprechenden Konto gefunden werden konnte. Er hatte diese Rate rechtzeitig überwiesen, er hatte jedoch vergessen, den Bezug anzugeben und damit konnte die Buchhaltung dieser Firma wohl nicht unverzüglich die

Zuordnung auf seinem Schuldkonto ausweisen. Der Betrag war aber nachweislich auf dem Konto der Firma rechtzeitig eingegangen. Hier war er der Auffassung, dass die Autofirma durch die sofortige Einschaltung einer Rechtsanwaltskanzlei ihrer Schadensminderungspflicht nicht nachgekommen war. Dementsprechend hatte er ihnen auch einen Brief an die Nase geknallt.

Bei der nächsten Sache handelte es sich um eine Handy-Telefonfirma, die nach der Rückbuchung einer Monatsrate durch seine Bank ihm gleich die Telefonverbindung gesperrt hatte. Auf die nachfolgende Zahlungsaufforderung über diese Rate hatte er die Summe rechtzeitig überwiesen, bekam jedoch keine Antwort von der Firma. Im Gegenteil schickte sie ihm eine Rechnung, die doppelt so hoch war wie die von ihm überwiesene Rate. Was sollte das nun bedeuten? Das war doch wohl eine Unverschämtheit! Ein völliges Negieren seiner eingegangenen Zahlung. Und dann noch eine so irrsinnig hohe Rechnung, obwohl er sein Telefon hatte gar nicht benutzen können, da es ja gesperrt war. Diese Rechnung hätte er noch akzeptieren können und müssen, wenn dort ausgewiesen worden wäre, dass Mahngebühren in bestimmter Höhe angefallen sind. Das war aber nicht der Fall. Diese Rechnung war völlig undifferenziert und ohne eine Begründung versehen.

Aber es folgte noch ein weiterer Akt in ähnlicher Weise. Da hatte er die Schnauze voll gehabt und der Firma mit der Verbraucherzentrale und einer Strafanzeige gedroht.

Und es kam noch dicker! Das dollste Ding war, dass er ein Dankschreiben von einer Reisefirma erhielt für eine Zusage, die er gegeben haben sollte zu einer Tagesfahrt. Er wusste ganz genau, dass er keine Zusage gegeben hatte, denn er hatte die Unterlagen noch auf seinem Tisch zu liegen, weil er überlegt hatte, ob er das machen sollte oder nicht. Jetzt gingen die Firmen schon so weit, um Kunden zu locken, dass sie einfach Zusagen fingierten. Das war nicht zu glauben. Er hatte den Glauben an ehrenwerte Kaufleute verloren. Früher sprach man von ehrbaren Kaufleuten, heute hatte man das Gefühl, dass davon nicht viele übrig geblieben waren. Manchmal sah es so aus, dass sich hier mehr Gauner auf diesem Feld tummelten. Er glaubte manchmal, dass das „Bescheißen" von Kunden zur Maxime geworden war. Hier konnten einem schon Zweifel an dem Wirtschafts- und Gesellschaftssystem kommen.

All das ging ihm durch den Kopf, während er auf seinen Autoparkplatz zusteuerte. Er dachte: Vielleicht war das ja hier alles anders. Vielleicht war ja hier alles koscher und ordentlich, nicht nur äußerlich elegant, sondern auch inhaltlich akkurat und ehrenwert. Man konnte es nur hoffen. Aber er musste den Glauben daran erst wiederfinden.

V. Schlosspark

Und wieder ein Park. Diesmal war es ein alter Schlosspark. Ungepflegt und wild, aber romantisch. Er wurde durchgezogen von einem gut gefüllten Bach.

Er ging mit seiner Frau auf dem Deich am Rande dieses Baches entlang. Der Weg war eine Mischung aus vermatscht und vereist. Man musste höllisch aufpassen, um nicht im Bach zu landen.

Aber er wollte diesen Weg gerne gehen, denn er wollte seiner Frau die Stelle zeigen, wo er als Kind immer gespielt hatte. Er hatte aus einem Urlaub an der Nordsee einmal ein kleines schönes Segelschiffchen mitgebracht, das er dann hier im Sauerland immer schwimmen ließ. Dazu nutzte er die Brücke, die über den Bach zum Wirtschaftshaus des Schlosses führte. Als er in etwa auf der Höhe der Brücke angekommen war, stellte er fest, dass sie gar nicht mehr vorhanden war. Nun, kein Wunder, er war jahrelang nicht mehr hier gewesen.

Beim Weitergehen auf dem Deichweg erzählt er seiner Frau, was sie als Kinder hier immer früher so getrieben hatten. Unter anderem von dem großen Baum - er glaubte, es war eine Buche - in die sein Schulfreund damals seinen Namen eingeritzt hatte. Das hatte viel Ärger gegeben. Sein Vater wurde vom Baron wegen der Inschrift angesprochen. Er musste dann seinem Vater klar machen, dass nicht er den Namen eingeritzt hatte, sondern sein Schulfreund, was die Sache auch nicht viel besser machte.

Den Baron hatten die Ritzereien geärgert, weil sie sich an dem Baum befanden, der direkt am Zuweg zu seinem Schloss stand und außerdem, weil sie sehr auffällig waren. Als er mit seiner Frau an die Brücke der Zufahrt zum Schloss kam, staunte er nicht schlecht. Der Baum, den er seiner Frau zeigen wollte, war nicht mehr da. Er war gefällt worden. Man sah nur noch den Baumstumpf in der Erde.

Also hatte sich das Problem mit den Ritzereien gelöst. Ihm machte das Ganze deutlich, wie sehr sich doch die Dinge mit der Zeit verändern. Kaum etwas bleibt immer so, wie es einmal war. Auch im Garten seines Elternhauses war es nicht anders.

Wie er so da stand und dem alten Baum aus seiner Jugendzeit nachtrauerte, ging ihm durch den Kopf, wie alt er inzwischen geworden war und wie vergänglich alles war. Von Dauer waren wohl nur die Erinnerungen an die Dinge. Damit musste man sich wohl oder übel abfinden und vertraut machen.

Weihnachten in Familie

Nach ein paar Momenten der Besinnung gingen sie weiter auf das Schloss zu, in dem sich nunmehr ein Restaurant befand. Sie wollten einmal die Speisekarte studieren. Zum Hineingehen war heute keine Zeit, da sie im Elternhaus erwartet wurden. Dorthin sollten auch seine 2 jüngsten Kinder kommen, mit denen sie noch am Vortag harmonisch Heiligabend gefeiert hatten. So sollte es eigentlich weitergehen.

Aber es entwickelte sich anders. Als er den Kindern im Nebenzimmer der Kuchentafel von seinem neuen Handy erzählte, das über die Björn-Steiger-Stiftung an ein Notrufsystem gekoppelt war, entwickelte sich eine lebhafte Diskussion. Seine Kinder hatten kein Verständnis dafür, dass er sich schon wieder ein neues Handy zugelegt hatte, auch wenn es mit einer Flatrate zum günstigen Telefonieren versehen war. Sie hatten unlängst mitbekommen, dass er sich aus verschiedenen Gründen finanziell übernommen hatte. Einmal hatte er sogar seinen Sohn - der noch Student war - um einen finanziellen Engpass zu überbrücken, um ein Darlehen gebeten. Er wusste dabei aber, dass der

Sohn das Geld aus einer Ferientätigkeit auf dem Konto liegen hatte. Die Diskussion mit den Kindern entwickelte sich sehr heftig, da sie nicht verstehen konnten, dass er trotz guter Rente immer wieder in finanzielle Engpässe kam. Sie waren der Auffassung, er ließe sich Dinge aufschwatzen, die er nicht brauchte bzw. die er nicht bezahlen konnte. – So wie damals in der Türkei die teuren Teppiche.

Nun, dachte er, da ist schon ein wenig dran. Aber auf der anderen Seite: Eigentlich eine Frechheit, wie sie mit ihm redeten. Er hätte mit seinem Vater nie so geredet. Aber sicher machten sie sich Sorgen um ihn, weil sie meinten, er könne ein sorgenfreieres Leben führen und damit auch seine Gesundheit schonen.

Deshalb dachte er: Er sollte hier einmal Größe zeigen und sich auch ruhig von seinen Kindern einmal angreifen lassen. Aber irgendwie fiel es ihm doch schwer. Er ließ sich nicht gerne angreifen, vor allem dann nicht, wenn er wusste, dass an diesen Angriffen etwas war, sie nicht aus der Luft gegriffen waren.

Die harmonische Stimmung war dahin. Jetzt galt es für alle, die Dinge möglichst gut zu verdauen. Er hätte sich ohrfeigen können. Er hatte die Diskussion verschuldet. Warum hatte er bloß mit dem Nothandy angefangen? Nun, jetzt musste man da durch. Die Frauen hatten durch ihre Beschäftigung mit dem Essen gar nichts von der Diskussion mitbekommen.

Das war auch gut so. Nun konnte man sich wieder neutralen Themen zuwenden. Als er durch die Terrassentür auf die Oberterrasse trat, fiel ihm wieder eine Geschichte aus seiner Jugend ein. Aber diese war nun nicht geeignet, am Weihnachtstag und vor den Kindern diskutiert zu werden.

Zu seiner Jugendzeit hatten sie öfters unter Mäuse- und Kaninchenplagen im Garten gelitten. Manchmal verirrten sich die Mäuse im Eingang zum Keller, wo sie nicht mehr herauskamen. Drumherum war nämlich alles glatter Beton, und an dem konnten sie nicht hochklettern. Also mussten sie irgendwie entsorgt werden, denn erstens hatte seine Mutter eine Heidenangst vor Mäusen und zweitens musste verhindert werden, dass sie in den Keller kamen und dort an die Vorräte gingen. Wie sollte diese Entsorgung nun vonstattengehen? Üblicherweise stellte man Mäusefallen auf mit etwas Speck drin. Aber so etwas gab es hier nicht. Außerdem fand sich keiner, der diese Angelegenheit erledigen wollte. So musste er als der ältere Sohn dran glauben. Er wurde mit der Tötung der

Mäuse beauftragt und bekam für jede tote Maus 10 Pfennige als Belohnung/Entschädigung/Schmerzensgeld, oder wie auch immer.

Nun hatte er das am Halse. Aber wie sollte er das nur machen? Irgendwie taten ihm auch die armen Mäuse leid. Also ließ er sich etwas einfallen, um sie kurz und möglichst schmerzlos und möglichst weit von sich weg zu erledigen. Wenn sie sich im Kellerschacht verfangen hatten, nahm er einen Spaten und stach ihnen ins Genick, damit sie möglichst gleich tot waren. Trotzdem blieb es nicht aus, dass es gelegentlich ein Blutvergießen gab und ein fürchterliches Gequietsche. Ekelhaft! Ihm grauste jetzt noch, wenn er daran dachte. Das war nicht sein Ding.

Dieses Thema eignete sich wirklich nicht für Weihnachten, denn er war ja ein Mäusemörder geworden.

Aber ganz schlimm wurde es, als sich eines Tages Karnickel im Garten angesiedelt hatten. Sein Vater, der vom Lande kam, hatte gemeint, wenn Karnickel sich erst einmal im Garten einnisten, wird man sie nie wieder los. Er kannte etwas davon. Also musste eine schnelle und richtige Lösung gefunden werden. Er musste sich etwas einfallen lassen, denn die Kaninchen waren ja so niedlich. Schnell hatte er eine gute

Idee, die aber nichts taugte. Er hatte eine Zeitlang die Kaninchen beobachtet, was sie so trieben. Sie fraßen alles auf, was ihnen in den Weg kam oder wühlten alles aus der Erde raus, zum Beispiel Blumenzwiebeln, Wurzeln usw.

Dabei war ihm aufgefallen, dass sie immer bestimmte Wege benutzten, wie kleine Trampelpfade. Hierzu hatte er eine grandiose Idee: Er wollte vor den Ausgängen aus der Erde Säcke aufspannen und sie dort hineintreiben. Das war zuerst schwierig, aber schließlich gelang es ihm doch. Er hatte sie in mehrere Säcke treiben können. Aber was nun machen mit den Säcken? Nun, er brauchte nicht lange zu überlegen. Er nahm die Säcke, schleppte sie in den Wald und ließ die Karnickel dort wieder frei. - Am nächsten Tag waren sie alle wieder zurück im Garten. Grandios! Sein Vater hatte gemeint, wenn sich Karnickel erst einmal eingenistet haben, kommen sie immer wieder, egal, wo man sie aussetzt. Also blieb wieder nur eine Möglichkeit. Das war aber äußerst unangenehm. Aber sie wurden dann wenigstens feierlich in Schuhkartons alle auf dem Grundstück begraben. Er wusste jetzt gar nicht mehr genau, an welcher Stelle sie gelegen hatten. Nein, ein anderes Thema!

Wie er so auf der Oberterrasse stand und sinnierte, fiel ihm ein, dass er sich früher schon öfters Gedanken gemacht hatte, was man mit seinem Elternhaus machen könnte, wenn seine Mutter sich einmal auf Dauer verabschieden würde. Aber auch dieses Thema wäre nichts für Weihnachten, denn sie könnte meinen, man wünschte sie fort. Vielleicht könnte man es geschickter anfangen, indem man einfach thematisierte, was man alles aus diesem Haus machen könnte, wo man etwas an- oder umbauen könnte, um das Haus noch komfortabler zu gestalten. Das klänge ganz neutral. Da könnte sich eigentlich keiner verletzt fühlen.

Hierbei fiel ihm ein, dass er eigentlich den falschen Beruf gewählt hatte. Schon in seiner Schulzeit hatte er sich gedanklich öfters aus dem Unterricht ausgeklinkt und hatte sich damit beschäftigt, wie man Häuser entwerfen, bauen und planen könnte oder Zimmer einrichten. Er hatte also lieber ein bisschen Architekt gespielt. Warum hatte er diesen Beruf nicht ergriffen? Nun, ihm fehlte mit Sicherheit dazu das mathematische Können. Aber die Gedanken zur inhaltlichen Gestaltung, die hatte er drauf: Man könnte die Oberterrasse ausbauen, das Dach etwas anheben und vorziehen und damit das kleine Wohnzimmer zu einem großen Wohnzimmer machen. Dann hätte man auch die Chance, einen Kamin einzubauen. Ein Kamin war das, was diesem Haus immer gefehlt hatte. Für ihn waren Kamine ganz wichtig geworden, nachdem er sie bei seinen Schwiegereltern kennen gelernt hatte.

Oh Kamin, wie du leuchtest!

Ein Kaminfeuer war wirklich etwas für alle Sinne. Seine Frau und er waren richtig kleine Feuerteufelchen geworden. Auch zu Hause, wenn es darum ging, im Garten Holzreste zu verbrennen. Dies war das richtige Thema für Weihnachten!

Oh Camino, wie du brennst,

wie du leuchtest,

wie du duftest, wie du prasselst,

wie du knallst!

Du erfüllest alle Sinne durch dein Licht und deine Wärme.

Die Matrone von der Kaufhalle

K arl hatte sich wieder einmal auf der Bank niedergelassen, die im Eingangsbereich der Kaufhalle steht und auf die er sich immer setzte, wenn seine Frau die leeren Flaschen wegbrachte. Die Frau neben ihm auf der Bank stand bald auf und verschwand, da sie wohl schon eingekauft hatte.

Da auf der Bank nun ein Platz frei geworden war, näherten sich zwei voluminöse ältere Frauen, von denen eine gleich den Platz für sich einnahm. Die andere kam im Rollstuhl hinterher gerollt, und zwar sehr dicht an ihn heran. Er guckte sehr skeptisch auf die Räder des Rollstuhls, da er befürchtete, dass sie ihm mit ihrem schweren Rollstuhl über die Füße rollen würde – die Gefahr bestand bei diesen alten ungelenken Weibern. Kaum hatte er sich an die neue Nachbarschaft ein wenig gewöhnt, da sprach ihn die Matrone aus dem Rollstuhl an: „Ich muss jetzt mal hier ein bisschen rumfahren, um meine Sachen aus dem Einkaufwagen einzutüten", meinte sie. Er sagte: „Das können Sie machen, aber fahren Sie mir nicht über die Füße mit ihrem Rollstuhl." Sie guckte verdutzt und fragte: „Was wollen Sie denn dann machen?" Er: „Wenn Sie mir über die Füße fahren, machen Sie das nur einmal, das sage ich Ihnen!" Er hatte das in einem ziemlich scharfen Ton ausgesprochen, und die Matrone erwiderte: „Na, was wollen Sie denn dann machen? Wollen Sie mich totschlagen?" Er überlegte einen Augenblick und sagte dann: „Äh, ja, warum eigentlich nicht. Wenn es denn sein muss?" Sie hakte nach und sagte: „Und was wollen Sie mit der Leiche machen?"

Er dachte für sich: „Typisch Bulette, freche Schnauze bis zum Geht-nicht-mehr." Dann antwortete er: „Ach, die werde ich hier irgendwo verscharren." Das hat ihr wohl erst ein wenig die Sprache verschlagen; dann meinte sie: „Dann wäre es doch besser, ich ginge ins Reisebüro rein da drüben und lasse mich irgendwohin verschicken." „Machen Sie, was Sie nicht lassen können", meinte er. „Eigenartige Begegnung hier", dachte er, „typische Bulettenweiber, voluminös und große Klappe". Langsam hatte er von der Aufdringlichkeit der Weiber genug und trollte sich von dannen zum Einkauf. „Das war nun wieder einmal eine Begegnung der dritten Art", dachte er.

Die Amazone
(Ein Rentnertraum)

Vor Karls Bett stand eine Amazone mit extrem gutem Fahrgestell, breitbeinig, die Hände in die Hüften gestemmt. Sie hatte Hotpants an und eine silberglänzende Strumpfhose. Ihre Füße steckten in extrem hohen Highheels. Was war das jetzt?

Ein Sinnbild seiner verpassten erotischen Jugend? Oder nur ein Traum? Traum wohl auf jeden Fall! Aber jetzt, da er auf die 70 zuging? Nun, manches schläft vielleicht niemals ein.

Er schüttelte sich, stand aus dem Bett auf und schon war der Spuk vorbei. Er konnte sich wieder dem Tagesgeschäft zuwenden und das hieß: Waschen, Rasieren und Anziehen, Frühstücken usw. Er war Rentner auf Reisen, und so sollte es auch bleiben. Zwischendurch ging ihm aber immer wieder die Amazone durch den Kopf. War er hier nur wieder einmal einer erotischen Werbung aufgesessen, die dann in seinen Träumen wiederkehrte? Nun, man würde sehen.

Eigenartig war jedenfalls, dass jedes Mal, wenn er auf Reisen ging, seine nächtlichen Gedanken oder Träume öfters verrücktspielten. So drehten sich immer wieder Träume um das eine Thema: Er befand sich in fremden, großen Gebäuden, suchte eine Toilette und fand sie nicht. Nun, vielleicht war das einfach zu erklären. Er war einfach in dem Alter, wo man etwas öfter die Toilette aufsuchen musste. Und das wurde dann in den Träumen gleich mitverarbeitet.

Karl dachte darüber nach, wie es wäre, wenn er seinen großen Wunschtraum, - eine Reise nach Kuba - einmal verwirklichen könnte, um dort zu sehen, wie seine geliebten Kuba-Zigarren hergestellt werden. Mit diesem neuen Gedanken befasst, wollte er nun den Tag beginnen.

FSC
www.fsc.org

MIX

Papier | Fördert
gute Waldnutzung

FSC® C083411

Zeitfracht Medien GmbH
Ferdinand-Jühlke-Straße 7
99095 Erfurt, Deutschland
produktsicherheit@kolibri360.de